Johann Friedrich von Schulte

Die preussischen Maigesetze und die katholische Kirche

Antigonos

Johann Friedrich von Schulte

Die preussischen Maigesetze und die katholische Kirche

Unveränderter Nachdruck der Originalausgabe von 1874.

1. Auflage 2024 | ISBN: 978-3-38646-011-8

Antigonos Verlag ist ein Imprint der Outlook Verlagsgesellschaft mbH.

Verlag: Outlook Verlag GmbH, Zeilweg 44, 60439 Frankfurt, Deutschland info@outlook-verlag.de
Vertretungsberechtigt: E. Roepke, Zeilweg 44, 60439 Frankfurt, Deutschland
Druck: Libri Plureos GmbH, Friedensallee 273, 22763 Hamburg, Deutschland

Es ist ein Streit entbrannt zwischen der katholischen Geistlichkeit und dem Staate, wie solchen keiner von uns bisher kannte, unsere Väter ihn seit Jahrhunderten nicht sahen. Noch sind nicht drei Jahre verflossen, seit er seinen Anfang nahm. Die beiden Erzbischöfe von Posen = Gnesen und Cöln, und der Bischof von Trier befinden sich im Gefängniß, weil sie die Geldstrafen nicht gezahlt haben, zu denen sie von den Gerichten verurtheilt wurden; Graf Ledochowski ist seines Amtes als Erzbischof von Posen-Gnesen durch den Königlichen Gerichtshof für kirchliche Angelegenheiten entsetzt worden; alle Bischöfe in Preußen sind bereits zu Geldstrafen, verschiedene in einer Reihe von Fällen verurtheilt; eine nicht kleine Anzahl von Geistlichen ist zu Geld- oder Gefängnißstrafen verurtheilt. In verschiedenen Orten haben aus Veranlassung der Abführung von Geistlichen Ruhestörungen stattgefunden, die zum militairischen Einschreiten führten. Von den Kanzeln herab wird gegen die Staatsgesetze gedonnert; in bischöflichen Hirtenbriefen spricht man von „diokletianischer Verfolgung der Kirche". Täglich hört man aus dem Munde der Bischöfe und Geistlichen die Berufung auf den Satz: „man muß Gott mehr gehorchen, als den Menschen", um den Ungehorsam gegen die Staatsgesetze zu rechtfertigen. Es tönt täglich in allen Blättern, die von Geistlichen geschrieben werden oder unter dem Schutze von Geistlichen stehen, die heilige Kirche werde verfolgt, man wolle die Religion vernichten, die Katholiken sollten ihrer Gewissensfreiheit beraubt werden; man redet den Leuten vor, am 14. Mai würden alle Kirchen geschlossen, finde kein Gottesdienst mehr statt. Die Entzweiung ist in die Gemeinden und Familien eingedrungen. Ultramontan, klerikal, liberal sind zu gegenseitigen Schimpfworten geworden, die Freunde, Eltern und Kinder, Geschwister und Verwandte einander entfremden. Bis in den bürgerlichen Verkehr erstreckt sich die Zwietracht. Wer nicht für den Gemeinderath, für den Landtag und Reichstag wählte, wie es der Pfarrer wollte, wird geächtet; ist er Wirth, so besucht man sein Haus nicht mehr; ist er Kaufmann, so entzieht man ihm die Kundschaft. Es ist so weit gekommen, daß die Dienstboten der Herrschaft kündigen, blos um dessentwillen, weil dieselbe nicht mit den Geistlichen gut steht, mag sie auch gegen das Gesinde noch so liebevoll sein. Verleumdungen in öffentlichen Blättern, in Gesellschaften, Insulte auf der Straße gegen Leute, welche nicht gegen die Staatsgesetze auftreten, welche als „regierungsfreundlich" verschrieen sind, sind an der Tagesordnung. Man schont selbst nicht mehr das fremde Eigenthum, um dem Haſſe Luft zu machen; Fenſtereinwerfen, muthwilliges Zerſtören an Gärten und Häuſern mißliebiger Perſonen und ähnliche Dinge ereignen ſich täglich. Die geſelligen Kreiſe ſperren ſich ab, alte Freunde verſagen ſich den Gruß, man ſcheut ſich, mit Jemand zu reden, der den Geiſtlichen verhaßt iſt.

Sind nicht ſo unſere Zuſtände? Iſt nicht die Lage unerträglich geworden? Hört man nicht alle Tage aus dem Munde ruhiger alter und junger Männer: es ſei nicht mehr auszuhalten, man werde tyranniſirt? Fühlen nicht Tauſende und Hunderttauſende, daß ſie unter einem Drucke leben, der unerträglich iſt? Geht nicht ein Gefühl der Verſtimmung, des Mißbehagens durch alle Klaſſen der Geſellſchaft? Hat nicht unſer ſchönes Rheinland, deſſen heitere Fröhlichkeit vor= dem im deutſchen Reiche ſprüchwörtlich war, den Charakter finſteren Weſens, trauriger Zerklüftung angenommen?

Wenn man ſich nun fragt, woher das Alles ſeit ganz kurzer Zeit, ſo liegt die Antwort in den Ergüſſen der geiſt= lichen Oberen, in den Reden der Pfarrer und Kapläne. Der Staat ſoll durch die Maigeſetze den Kampf begonnen und die Vernichtung der katholiſchen Kirche ins Werk geſetzt haben. Die Maigeſetze bilden das ſtehende Thema aller An= griffe in den Verſammlungen des Mainzer Katholikenvereins, in den Wahlverſammlungen, auf der Tribüne im Reichstage und Landtage. Die Brandreden, welche man dort hält, werden in den Zeitungen und Lokalblättern verbreitet; sie sind das Gift, womit man den schlichten, ruhigen Bürger zum Hasse aufstachelt. Man entstellt, verdreht, übertreibt, wohl wissend, daß nur wenige im Stande sind, sich von der Richtigkeit der Behauptungen zu überzeugen; man weiß, daß man dem gläubigen Katholiken nur von Verfolgung der Religion und Kirche zu reden braucht, um sein berechtigtes Gefühl aufzuregen; man weiß, daß, je frecher die Lüge ist, desto tiefer ihr Stachel greift; man will und hofft, daß eine solche Verbitterung Platz greife, die den Staat zwinge, das zu thun, was die Geistlichen für gut befinden. Der katholische Mann liebt seine Geistlichen, hört auf sie, hält im Allgemeinen für richtig, was ihm diese sagen, da er sich nicht denken kann, daß diejenigen Männer, welche er für berufen hält, Gottes Wort, das Evangelium der Liebe zu predigen, ihm die Unwahrheit sagen, ihn falsch belehren.

Mitbürger! Ihr wisset, daß nicht blos die geistliche Obrigkeit von Gott ist, sondern auch die weltliche. Ihr wisset, daß es im Staate keine Ordnung giebt, wenn das Gesetz nicht gehalten wird. Ihr wisset, daß unser Kaiser und König, der trotz seines hohen Alters ohne Unterlaß wie wenige im Volke arbeitet, mit gleicher Liebe alle seine Unterthanen umfaßt, daß er den Katholiken unausgesetzt seine Liebe zuwendet. Oder ist es Euch unbekannt, daß für den herrlichen Dom in Cöln jährlich allein 50,000 Thlr. aus der

Staatskasse gegeben werden, daß aus der Staatskasse für die zwölf katholischen Bisthümer in Preußen 409,000 Thlr., an Besoldungen und Zuschüssen für katholische Geistliche und Kirchen 450,000 Thlr., viele Hunderttausende von Thalern für katholische Elementarschulen, Gymnasien, Lehrerseminarien gegeben werden? Wo ist denn je gehört, daß die katholischen Gegenden die geringste Zurücksetzung erfahren hätten? Gelten denn nicht die gleichen Gesetze für Katholiken und Protestanten? In Eurer Brust schlägt ein Herz warm und kräftig für das Vaterland; Ihr seid Deutsche und wollt es bleiben; Ihr wollt treu halten an Kaiser und Reich, wie es unsere Vorfahren gethan, vor Allem in jenen Zeiten, wo deutsche Kaiser von den Wälschen verfolgt nirgends eine sicherere Zuflucht fanden, als in den treuen Städten am Rhein.

Wenn Ihr nun einen Blick werfet auf die traurige Lage, in der wir uns befinden, müßt Ihr Euch klar werden über das, was man Euch in Wirthshäusern, in Versammlungen, in Zeitungen, auf den Kanzeln predigt; Ihr werdet verlangen dürfen, daß man Euch wahrheitsgetreu zeige, was die verrufenen Maigesetze bestimmen; Ihr könnt verlangen, daß Euch gezeigt werde, ob diese Gesetze der Religion und Kirche zu nahe treten, ob die Bischöfe und Geistlichen das Recht haben, denselben den Gehorsam aufzukündigen und ihnen direkt entgegen zu handeln, oder ob sie mit gutem Gewissen dieselben befolgen können. Wohlan! Diese Schrift giebt Euch eine wahrheitsgetreue Darstellung, leset sie und prüfet!

Am 5. April 1873 wurde vom Könige das Gesetz unterzeichnet, welches bestimmt, „die evangelische und die römisch-katholische Kirche, sowie jede andere Religionsgesellschaft ordnet und verwaltet ihre Angelegenheiten selbstständig, bleibt aber den Staatsgesetzen und der gesetzlich geordneten Aufsicht des Staates unterworfen". Dasselbe Gesetz sagt: „das Gesetz regelt die Befugnisse des Staates hinsichtlich der Vorbildung, Anstellung und Entlassung der Geistlichen und Religionsdiener und stellt die Grenzen der kirchlichen Diszi-plinargewalt fest". Was hier wörtlich steht, bildet jetzt den Art. 15 und 18 Absatz 3 unserer Verfassungsurkunde. Alle Staatsbeamten, alle Landtagsabgeordneten legen auf die Verfassung einen Eid ab. Ist es nun denkbar, daß durch diese Bestimmung der Religion und Kirche zu nahe getreten wird? Wenn das der Fall wäre, dann müßten alle Geist-lichen, die ein Staatsamt haben: Professoren der Theo-logie, Lehrer an Gymnasien, Directoren der Lehrerseminare, Militairgeistliche, Schulräthe u. s. w. entweder ihr Amt niederlegen, oder charakterlose, unkirchliche, schlechte Menschen sein. Wären jene Bestimmungen gegen die Religion und Kirche, so müßten alle katholischen Beamten in der Regie-rung vom Oberpräsidenten bis zum Supernumerar herab,

alle katholischen Richter vom Präsidenten und Obertribunals=
rathe bis zum Friedensrichter ein Gleiches thun, oder man dürfte
dasselbe von ihnen sagen. Wenn Ihr nun sehet, daß es eine zahl=
lose Menge von katholischen Beamten in allen Aemtern giebt,
und daß doch unter diesen viele gegen den Staat, die Regierung
und die Gesetze die arge Beschuldigung schleudern, als seien
jene Sätze gegen Gottes Wort, so kann der ruhige Verstand
in solchem Gebahren nichts anderes finden, als Unwahrheit
oder die Absicht, durch solche Anfeindung fremde Zwecke zu
erreichen.

Betrachtet die Sache selbst. Muß nicht auch die Kirche
unter der Aufsicht des Staates stehen, unter einer Aufsicht,
welche sich genau nach dem Gesetze zu richten hat? Wer hat
denn in der Kirche zu befehlen? Die Laien haben nichts
zu sagen, die Pfarrer und Kapläne müssen ausführen, was
die Bischöfe befehlen, diese thun, was ihnen von Rom vor=
geschrieben wird. Ihr wisset, daß die Rechte der Kirchen
sehr große sind. Jeder wird vom Staate gezwungen, seine
Kinder in den Religionsunterricht zu schicken; Jeder, der
überhaupt Steuern zahlt, muß beitragen für die Unterhaltung
der Pfarrer, Kapläne, indirect für die der Bischöfe; Kirchen=,
Pfarrhausbauten müssen von den Gläubigen bezahlt werden;
die Geistlichen aller Art genießen für ihre Amtshandlungen
einen ganz besonderen Schutz. Hat der Staat nun nicht
das Recht, zu beaufsichtigen, daß die Geistlichkeit sich keine

Uebergriffe erlaube? Oder hört der Katholik auf, Staats=
bürger zu sein? Der König kann keinen Pfennig Steuern
beitreiben, ohne daß der Landtag sie bewilligt hat; er kann
ohne Zustimmung des Landtags keinerlei Verfügung treffen;
keiner darf als Staatsbeamter angestellt werden, welcher der
gesetzlichen Erfordernisse entbehrt; die sämmtlichen Behörden
im Staate sind durch Gesetze geregelt; keinem Staatsbürger
kann der geringste Befehl ertheilt werden, ohne daß ein Gesetz
dazu ermächtigt. Während so die ganze Staatsgewalt
ihre Grundlage im Gesetze hat, jeder Staatsbürger gegen
jeden Schritt einer Behörde die Berufung an die höhere ein=
legen kann, verlangt einzig und allein die römisch=katho=
lische Geistlichkeit, daß ihr gegenüber der Staat nichts
zu sagen haben solle, daß sie thun könne, was sie wolle,
daß der Staat ihr nur Zahlungen zu machen habe, daß der
Staat seine Bürger auch in ihren kirchlichen Rechten nicht
einmal zu schützen habe. Nun es ist gewiß überflüssig, dar=
zuthun, daß ein solches Begehren widersinnig ist.

Die Rechte, welche die Artikel 15 und 18 der Ver=
fassung dem Staate verleihen, haben in drei Gesetzen vom
11., 12. und 13. Mai 1873 ihren Ausdruck gefunden.
Von diesen regelt das erste „die Vorbildung und Anstellung
der Geistlichen", das zweite „die kirchliche Disziplinargewalt",
das dritte „die Grenzen des Rechts zum Gebrauche kirch=
licher Straf= und Zuchtmittel". Alle drei sind eine Aus=

führung der im 18. Artikel der Verfassung enthaltenen Be=
stimmungen.

Der Geistliche hat eine höchst privilegirte Stellung im
Staate. Dies geht schon aus dem hervor, was vorhin an=
gedeutet wurde. Jeder von Euch weiß dies. Denkt nur
daran, daß der Geistliche Lokalschulinspector ist — wo er
es nicht ist, hat die Regierung wegen staatsfeindlichen Be=
nehmens ihn entfernen müssen, — hierdurch und als ge=
borenes Mitglied des Schulraths großen Einfluß hat, daß
er durch die absolut geschützte Predigt auf das Volk in einer
viel stärkeren Weise einwirken kann, als jeder Beamte, daß
der katholische im Beichtstuhle eine wahre Macht besitzt.
Wenn man mit Recht sagen kann, daß der Geistliche auf
die Bildung, Erziehung und Leitung des Volkes einen ko=
lossalen Einfluß besitzt, wenn der Staat ihn hierin schützt:
so läßt sich die Pflicht des Staats nicht in Abrede stellen,
zu fordern, daß zu Pfarrern und Kaplänen nur Leute ge=
nommen werden, die eine wirklich tüchtige Bildung besitzen.

Was thut nun das erste Maigesetz vom 11. Mai
1873? Es mischt sich gar nicht in die Bildung der Geist=
lichen ein. Der Bischof mag weihen, wen er Lust hat
oder nach den Kirchengesetzen weihen darf. Mit dem Sa=
kramente hat das Gesetz nichts zu thun. Es regelt blos
die Bedingungen für die Verleihung eines geist=
lichen Amtes. Die gesetzlichen Vorschriften gelten für

alle christlichen Kirchen, für die katholische, lutherische und reformirte. Ihr Inhalt soll nunmehr genau mitgetheilt werden.

Wer ein geistliches Amt erhalten soll, muß erstens ein Deutscher sein, das heißt im deutschen Bundesgebiete die Staatsangehörigkeit besitzen. In allen anderen Staaten: Oesterreich, Bayern, Baden, Württemberg u. s. w. verlangt man die Staatsbürgerschaft des Einzel = Staates. Jeder preußische Bischof kann dagegen sogar einen befähigten Bayern u. s. w. anstellen. Unser Gesetz giebt also größere Rechte, als irgend ein Gesetz in andern Staaten und als das bisher geltende. Ja Nichtdeutsche, die angestellt sind, bleiben nach § 25 im Amte, wenn sie innerhalb 6 Monaten die Reichs= angehörigkeit erwerben; der Minister darf diese Frist noch ausdehnen.

Zweitens ist nöthig die Ablegung der Abgangs= prüfung auf einem deutschen Gymnasium. Diese haben auch bisher die Bischöfe selbst gefordert. Es ist un= denkbar, daß man von den Geistlichen eine Prüfung nicht zu fordern das Recht haben wolle, ohne die im höheren Lehr= amte, im Justiz=, Verwaltungs=, Postdienste u. s. w. andere als Subalternstellen gar nicht mehr erworben werden können. Was würdet Ihr sagen, wenn Euer Pfarrer nicht einmal die gelehrte Bildung eines jungen Mannes hätte, der sein Abiturienten=Examen gemacht hat?

Drittens ist nöthig ein dreijähriges theologisches Studium auf einer deutschen Staatsuniversität. Zur gründlichen Vorbildung, welche die heutige Zeit verlangt, genügt regelmäßig der Unterricht an bloßen Seminarien nicht. Es giebt gar nicht so viele gelehrte Theologen, als für die Besetzung aller Fächer an allen Seminarien nöthig wären. Das Lehren an kleinen Anstalten, die ganze Stellung und Besoldung haben wenig Reiz. Die Erfahrung hat gelehrt, daß die bischöflichen Seminarien und Lehranstalten im Allgemeinen ungenügend und einseitig sind. Für einen Geistlichen genügt nicht mehr, das Nothdürftigste in den theologischen Fächern zu wissen, er kann weiter gehende Kenntnisse nicht entbehren. Man ruft geistlicherseits in unserer Zeit stets über Materialismus, Indifferentismus u. dgl. Wie soll nun der Geistliche dem entgegen treten können ohne die nöthigen Kenntnisse in der Philosophie, der Geschichte? wie kann er in genügender Weise wirken, wenn er nicht einmal die Literatur unseres Volkes kennt? Dazu bietet ihm eine bischöfliche Anstalt selten die Mittel. Ist das der Fall, so hat das Gesetz geholfen. Der Minister muß nach § 6 die bischöflichen Anstalten anerkennen, wenn die Einrichtungen dem Gesetze entsprechen und der Lehrplan von ihm genehmigt ist. Sie entsprechen nach §§ 9—11, wenn sie unter Staatsaufsicht stehen, und nur Deutsche, welche die Lehrbefähigung erworben haben, in der gesetzlichen Weise angestellt werden. Den größten Mißmuth hat der § 14 hervorgerufen, welcher die Errichtung von Knabenseminaren und Knabenconvicten sowie die Aufnahme neuer Zöglinge in solche bei Strafe der Schließung der Anstalt verbietet. Mit der Theologie hat diese Bestimmung nichts zu thun. Wer in der Gesellschaft wirken will, darf nicht von den Kinderjahren an von ihr hermetisch abgeschlossen werden. Der Geist, von dem ein großer Theil des jüngeren Klerus beherrscht wird, ein Geist der Unduldsamkeit, ungesunder Frömmelei und hierarchischer Ueberhebung, ist die Frucht dieser Anstalten. Man kann niemals billigen, daß man Leute im Alter von 12 bis 18 Jahren in mönchischer Abgeschlossenheit erzieht; wo der jugendliche Frohsinn und die Unbefangenheit verschwunden ist, läßt sich kein gedeihliches Wirken erwarten.

Viertens wird eine wissenschaftliche Staatsprüfung nach zurückgelegtem theologischem Studium aus der Philosophie, Geschichte und deutschen Literatur verlangt. Wenn der Staat den Geistlichen die Leitung von Schulen soll anvertrauen können, müssen dieselben hierzu befähigt sein; man muß verlangen, daß dieselben nicht blos die nothwendigsten theologischen Vorkenntnisse besitzen. Wer bereits bei Verkündigung des Gesetzes geweiht war, braucht diese Prüfung gar nicht zu machen; die schon mit ihren theologischen Studien vorgeschritten waren, ebenso die Ausländer können von ihr befreit werden, wenn sie darum bitten.

Hat ein Bischof, — wir wollen blos die katholische Kirche ins Auge fassen und bedienen, uns der für sie passenden Ausdrücke, obwohl das Gesetz, weil es für alle Confessionen Bestimmungen trifft, diese nicht nennt, — vor, eine Person anzustellen, so muß er sie „dem Oberpräsidenten unter Bezeichnung des Amtes benennen"; dasselbe muß er thun, wenn er eine Person von einer Stelle an eine andere versetzen will, oder wenn er einem Geistlichen eine Stelle dauernd verleihen will, die dieser nur als widerrufliche hatte. Der Oberpräsident hat keineswegs zu genehmigen, sondern kann nur innerhalb dreißig Tagen Einspruch erheben. Er muß diesen Einspruch auf die gesetzlichen Gründe stützen. Gesetzliche Gründe liegen nach § 16 vor, erstens wenn eine von den vier Vorbedingungen fehlt, die vorher beschrieben wurden, und wenn keine Dispens ertheilt wurde; zweitens, wenn der Geistliche durch ein Strafurtheil Zuchthausstrafe oder den Verlust der bürgerlichen Ehrenrechte oder öffentlicher Aemter erlitten hat oder sich in einer Untersuchung befindet, die eine solche Folge haben kann. Der erste Fall versteht sich wohl von selbst, da der Staat sich nicht verhöhnen lassen darf; wenn er ein Gesetz giebt, muß es befolgt werden. Urtheile, wie sie im Gesetze verlangt werden, setzen Verbrechen oder Vergehen, wie: Diebstahl, Betrug, Meineid, Unzucht und ähnliche voraus. Man wird doch im Ernste von geistlicher Seite nicht wollen, daß Per=

sollen Pfarrer werden, die entehrende Verbrechen oder Vergehen verübt haben! Ihr werdet es ebenso natürlich und nothwendig finden, daß das Gesetz im § 21 sagt: „Die Verurtheilung zur Zuchthausstrafe, die Aberkennung der bürgerlichen Ehrenrechte und der Fähigkeit zur Bekleidung öffentlicher Aemter hat die Erledigung der Stelle, die Unfähigkeit zur Ausübung des geistlichen Amtes und den Verlust des Amtseinkommens zur Folge". Wer Verbrechen begeht, muß die Folgen tragen. Der Geistliche kann kein Vorrecht haben, ungestraft gegen die Strafgesetze zu handeln. So gut jeder Staatsbeamte abgesetzt wird wegen Verbrechen und Vergehen, ebenso gut müßte ein Pfarrer, der gestohlen, betrogen, falsch geschworen, Unzucht mit Kindern u. dgl. m. verbrochen hätte, aus dem Amte. Ihr würdet Euch bedanken, einen solchen zu behalten, wenn auch der Bischof sagen würde: ich allein kann ihn absetzen.

Dann darf drittens der Oberpräsident Einspruch erheben, wenn er Thatsachen dafür anführt, daß man glauben müsse, der Geistliche werde den Staatsgesetzen, oder den berechtigten Anordnungen der Obrigkeit entgegen wirken oder den öffentlichen Frieden stören. Ist das nicht vernünftig? Wollt Ihr einen Pfarrer oder Kaplan, der nichts thut, als gegen Preußen, gegen das deutsche Reich schimpfen? der die Staatsgesetze herabsetzt? der Eueren Kindern den Sinn der Ungesetzlichkeit einprägt? der dadurch das Wohl der Gemeinde, die Ordnung untergräbt? der zu

Haß gegen Andersgläubige aufreizt? Ihr wollt Ordnung, Friede, Ruhe, Wohlstand in der Gemeinde haben. Nun dann könnt Ihr keine Geistlichen brauchen, die nicht glücklicher sind, als wenn alles drunter und drüber geht, weil sie da am Besten herrschen. Man ruft Euch klerikalerseits von der Tribüne des Reichstags zu, es könne kein Geistlicher „ohne hohe obrigkeitliche Bewilligung des Oberpräsidenten" angestellt werden. Seht Euch das Gesetz an. Dies giebt dem Bischofe im § 16 gleichzeitig das Recht binnen dreißig Tagen Berufung einzulegen gegen den Einspruch beim Königl. Gerichtshofe für kirchliche Angelegenheiten. Zeigt sich dann, daß der Oberpräsident ungesetzlich handelte, so wird sein Einspruch behoben. So belügen Euch die ultramontanen Führer.

Wer ein Amt verleiht, ohne daß die Vorschriften des Staatsgesetzes befolgt wurden, kann mit Geldstrafe von 200 bis 1000 Thalern, wer ein ungesetzlich ihm übertragenes Amt ausübt, kann mit Geldstrafe bis zu 100 Thalern belegt werden.

Das Gesetz hat noch eine sehr wichtige Bestimmung, welche für den größten Theil der Rheinprovinz von besonderer Bedeutung ist. Das Kirchenrecht fordert seit tausend Jahren, daß die Aemter auf die Lebensdauer übertragen werden sollen, daß der Bischof innerhalb sechs Monaten jedes Amt besetze. Da hat aber im Jahre 1801 der Kaiser

Napoleon vorgeschrieben: der Bischof könne die sogen. Sukkursalpfarrer stets abberufen. D. h. es schweben in der ganzen Rheinprovinz, soweit das französische Recht gilt, alle Pfarrer, außer den Oberpfarrern, täglich in der Luft, sie müssen auf einen Wink von Cöln oder Trier den Ort ihrer Thätigkeit wechseln. In anderen Diözesen haben die Bischöfe gefunden, es sei diese schlechte französische Einrichtung ein Mittel, die Geistlichen von sich ganz abhängig zu machen. Sie nahmen ihnen bei der Anstellung einen Revers ab, daß sie versetzt werden könnten, oder setzten sie auch nur auf Widerruf ein. Dieser Willkür und dem kläglichen Zustande der Rheinprovinz hilft das Gesetz ab, indem es vorschreibt, daß jedes Pfarramt innerhalb eines Jahres dauernd besetzt werden muß, und daß solche widerrufliche Stellen nur mit Genehmigung des Ministers errichtet werden dürfen. Das Gesetz bewilligt also eine doppelt so große Frist als das Kirchenrecht, setzt noch in § 18 deren Verlängerung aus Gründen in Aussicht. Kann ein ruhig und vernünftig denkender Mann diese Vorschriften tadeln? Im Staats-, Gemeinde-, Privatdienste strebt Jeder nach Sicherheit. Ist es denn würdig und gerecht, daß gegen den Buchstaben und den Geist des Kirchengesetzes ohne jeglichen Grund ein Pfarrer aus dem Orte versetzt werden kann, den er liebgewonnen, wo er segensreich gewirkt hat? Ist es nicht eine Schmach, daß Greise noch nicht einmal eine feste Anstellung haben? Und gerade diesen Satz hat man benutzt, um die Lüge in's Volk hineinzustreuen, im Mai würden die Kirchen geschlossen, alle Geistlichen entfernt. Alle Pfarrer, die bereits angestellt sind, bleiben so lange im Amte, als ihnen nicht vom Oberpräsidenten mitgetheilt wird, sie seien zu dessen Ausübung nicht mehr berechtigt. Die Bischöfe werden gezwungen werden, das Gesetz zu befolgen. Seid überzeugt, die Durchführung dieser Bestimmung wird einen guten Erfolg haben: die Pfarrer haben eine Gemeinde lieber, in der sie nicht ungewiß wie lange, sondern dauernd wirken, aus der sie gegen ihren Willen nur wegen eines kirchlichen oder bürgerlichen Verbrechens entfernt werden können; sie werden nicht täglich in der Ungewißheit schweben, der Denunciation eines Kaplans oder Nachbars, der gerne ihre Stelle haben möchte, zum Opfer zu fallen; sie können gegen Maßregeln der Oberen, die nachtheilige Wirkungen herbeizuführen geeignet sind, Vorstellungen machen, ohne eine Versetzung oder Absetzung zu befürchten. Es werden nicht fünf Jahre vergehen und die Geistlichen werden die §§ 18, 19 des Gesetzes vom 11. Mai 1873 als einen Segen ansehen. In Paris leben über 500 Priester als Kutscher, Konducteurs u. dgl., welche ihrer Stellen entsetzt sind und elend zu Grunde gehen in Folge des traurigen Rechts der Bischöfe, wegen der geringsten Kleinigkeit oder weil der Einzelne nicht gefällt, abzusetzen.

Ihr kennt jetzt den Inhalt des Gesetzes vom 11. Mai 1873; es ist an der Zeit, einen Vergleich mit anderen Ländern zu machen. In Frankreich verbietet das Staatsgesetz, daß päpstliche Schreiben oder Decrete einer Synode ohne Genehmigung der Regierung publizirt werden, kein Pfarrer darf ohne Genehmigung der Regierung eingesetzt werden, kein Bischof ohne Erlaubniß der Regierung seine Diözese verlassen, niemand geweiht werden, der nicht die im Staatsgesetze geforderten Eigenschaften hat, es sei denn mit Genehmigung der Regierung; jeder wirkliche Pfarrer muß einen Staatseid leisten; außerhalb der Kirchengebäude sind kirchliche Functiönen verboten; Ausländer bedürfen zu jeder kirchlichen Function die Regierungserlaubniß. Selbst das Concordat zwischen Papst Pius VII. und Frankreich von 1801 setzt fest Art. 1: „Die katholische, apostolische und römische Religion wird frei in Frankreich ausgeübt werden, ihr Kultus wird öffentlich sein, indem er sich den polizeilichen Anordnungen fügt, welche die Regierung für die öffentliche Ruhe nöthig erachten wird."

Das Oesterreichische und Bayerische Concordat mit dem Papste bestimmen, daß Keiner ein geistliches Amt erhalten darf, der dem Landesherrn minder genehm ist. Gegen das Concordat ist in Bayern seit 1817 eine Staatsprüfung für die Geistlichen hergebracht, wird kein Amt ohne Genehmigung der Regierung vergeben. In Bayern wie in

Frankreich besteht das Recht, gegen alle kirchlichen Akte eine Berufung wegen Mißbrauchs der Amtsgewalt an die Regierung einzulegen. Das Staatsgesetz in Baden und Württemberg fordert für die Anstellung das Staatsbürgerrecht, die Ablegung einer Prüfung bezw. bestimmte Vorbildung, und daß der Kandidat in bürgerlicher und politischer Beziehung der Regierung nicht mißfällig sei. Derselbe Bischof von Münster, der in Preußen erklärt, es sei gegen Gottes Gebot, dem Oberpräsidenten die Anzustellenden auch nur zu nennen, holt für den in Oldenburg liegenden Theil seiner Diözese jedesmal die Bestätigung ein.

So steht's mit demjenigen Gesetze, wegen dessen Uebertretung bisher die Bischöfe und Geistlichen allein oder vorzugsweise bestraft wurden. Betrachten wir das zweite vom 12. Mai 1873.

Dieses fordert, was in Deutschland durch das ganze Mittelalter bis in's 19. Jahrhundert von Bischöfen und Geistlichen verlangt wurde, daß die kirchliche Disciplinargewalt über Geistliche nur von deutschen Behörden geübt werde. Es ist bekannt, daß in Rom die Prozesse so viel kosten und so lange dauern, daß die Geistlichen sich lieber unterwerfen, als nach Rom appelliren. Was hier bestimmt ist, wurde vom Papste für Oesterreich zugestanden; in

Bayern schreibt das Staatsgesetz vor (§ 60. des Religions=
edicts), daß die geistlichen Gerichte und ihre Verfassung vor
ihrer Einführung vom Könige bestätigt werden müssen.

Das preußische Gesetz verbietet Körperstrafen. Daß
solche in der brutalsten Weise in geistlichen Correctionshäusern
bis in die neueste Zeit vorkamen, hat der Minister im Landtage
durch eidliche Zeugenaussagen bewiesen. Unser Gesetz schreibt
vor: der Angeschuldigte solle mit seiner Vertheidigung gehört
werden, verlangt ein ordentliches Verfahren, verbietet Geld=
strafen über 30 Thaler, geistliches Gefängniß über drei Mo=
nate, verbietet die Vollstreckung der Geld= und Gefängniß=
strafe gegen den Willen des Verurtheilten, gestattet also
keine äußere Gewalt, unterstellt die geistlichen Strafanstalten
der staatlichen Aufsicht und gestattet endlich die Berufung
an einen Königlichen Gerichtshof, wenn das Gesetz nicht be=
folgt ist. In allen diesen Punkten geht das Recht in Oester=
reich, Bayern, Baden, Württemberg, Frankreich theils weiter,
theils gerade so weit. Unser Gerichtshof besteht aus eilf
Mitgliedern; der Präsident und wenigstens fünf andere Mit=
glieder müssen festangestellte Richter sein, alle werden auf
Lebenszeit ernannt; das Verfahren ist genau vorgeschrieben.

Was das Gesetz vorschreibt, liegt im Geiste und im
Wortlaute des Kirchengesetzes, das Feind jeder Willkür ist
und fordert, es solle ein Geistlicher nur auf Grund einer
gesetzlichen Bestimmung, nachdem er gehört und der ordent=

liche Beweis hergestellt ist, verurtheilt und bestraft werden. Leider haben sich die meisten Bischöfe daran gewöhnt, die Geistlichen zu suspendiren, wenn ihnen scheint, dieselben hätten sich etwas zu Schulden kommen lassen; man nennt das „vorläufige Amtsenthebung aus unterrichtetem Gewissen". Ist es aber nicht unwürdig, in einer Zeit, wo kein Dieb, Räuber, Mörder ohne das genaueste Verfahren bestraft werden kann, wo man Geschwornengerichte hat, dem Klerus allein den Rechtsschutz zu versagen? Sollen die Geistlichen ohne Urtheil und Recht auch nur vorläufig entlassen werden dürfen, weil irgend eine Person, welche der Bischof für glaubwürdig hält, diesem eine von einem Geistlichen vollbrachte Missethat, eine Schmähung des Bischofs u. s. w. erzählt hat, ohne daß ein Beweis vorliegt? Ist ein Geistlicher einmal suspendirt, so ist sein guter Ruf dahin. Man sollte wahrlich froh sein, daß der Staat sich des Klerus annimmt. In alten Zeiten sah man gern, wenn der Staat die Kirchengesetze zu Staatsgesetzen erhob. Heute schreit man, wenn er dies thut, die Kirche werde vergewaltigt? Ist das recht, billig, klug?

Der Geistliche ist Staatsbürger, er wählt und kann gewählt werden in den Landtag und Reichstag. Soll diesen der Staat rechtlos lassen? Das Gesetz gestattet mit Recht, daß auch der Staat von Amtswegen einschreite, wenn ein Geistlicher vergeblich die kirchlichen Rechtsmittel angewandt oder die

Frist versäumt hat, eine offenbare Rechtsverletzung und ein öffentliches Interesse vorliegt. Wir leben in einem Rechts= staate, nicht in einer Gesellschaft, wo Willkür vor Recht geht.

Endlich sagt das Gesetz im § 24: „Kirchendiener, welche die auf ihr Amt oder ihre geistlichen Amtsverrich= tungen bezüglichen Vorschriften der Staatsgesetze, oder die in dieser Hinsicht von der Obrigkeit innerhalb ihrer gesetz= lichen Zuständigkeit getroffenen Anordnungen so schwer ver= letzen, daß ihr Verbleiben im Amte mit der öffent= lichen Ordnung unverträglich erscheint, können auf Antrag der Staatsbehörde durch gerichtliches Urtheil aus ihrem Amte entlassen werden." Unmöglich kann der Staat dulden, daß ein Geistlicher unausgesetzt dem Gesetze zuwider= handle, dadurch die Auflehnung gegen den Staat in immer weitere Kreise trage. Man bedenke, daß der gewöhnliche Mann nicht im Stande ist, zu unterscheiden, ob ein Gesetz der Kirche zu nahe tritt oder nicht. Sieht er, daß sein geistlicher Oberer, den er für seinen geistlichen Leiter, den Verkündiger des Wortes Gottes ansieht, dessen Beispiel zu folgen er für seine Aufgabe halten sollte, nicht blos selbst dem Staatsgesetze zuwider handelt, sondern geradezu dies als seine Pflicht erklärt, sich auf Gottes Willen beruft: so muß er irre werden. Was ist die Folge? Entweder kommt er zur Einsicht, wie ungerechtfertigt das Benehmen der Geistlichen ist, oder er läßt sich durch deren Reden bethören, in jedem Falle leidet der Sinn für das Recht, wird er ein schlechter Unterthan oder leidet Schiffbruch an seinem Vertrauen in den Klerus. Wer kann dem Staate zumuthen, einen solchen Zustand auf die Länge zu dulden? Ohne die staatliche Anerkennung kann kein Bischof oder Pfarrer sein Amt üben, das ihn in die mannigfaltigsten Beziehungen zum Staate setzt. Diese zieht der Staat durch das Urtheil zurück. Würde er das nicht thun, so sündigte er gegen sein innerstes Interesse. Er darf nicht dulden, daß die Gesellschaft unterwühlt werde. Wenn ein Bischof hartnäckig gegen Gesetze, die nichts verlangen, als was in anderen, in rein katholischen Ländern gilt, die der Freiheit der Kirche durchaus nicht entgegen treten, handelt, sich also in den Zustand der Empörung versetzt, dann muß der Staat zu solchen Mitteln greifen. Thäte er das nicht, so würden Zustände eintreten, welche nur durch die Gewalt der Waffen wieder gebessert werden könnten. Soll man es darauf ankommen lassen?

Wir haben noch ein drittes Gesetz, vom 13. Mai 1873, über die Grenzen des Rechts zum Gebrauche kirchlicher Straf= und Zuchtmittel. In diesem werden nur rein geistliche Strafen gestattet, Strafen gegen Leib, Vermögen, Freiheit oder bürgerliche Ehre verboten. Das bedarf wohl keiner Rechtfertigung. Oder sollte man etwa dem Bischof oder

Pfarrer das Recht zugestehen wollen, eine Person einzusper-
ren, in Geldstrafe zu nehmen, prügeln, beschimpfen zu lassen,
weil sie am Sonntag nicht in der Messe gewesen, oder nicht
gefastet hätte? Die Uebertretungen von Gewissenspflichten
können doch nur mit religiösen Mitteln geahndet werden.
Das Gesetz verbietet ferner, geistliche Strafen gegen Jemand
zu verhängen oder zu verkündigen, weil derselbe eine Handlung vorgenommen hat, die er nach dem Staatsgesetze oder
nach obrigkeitlicher Anordnung vornehmen muß, oder weil
derselbe ein öffentliches Wahl- oder Stimmrecht in einer
bestimmten Richtung ausgeübt oder nicht ausgeübt hat.
Geradeso ist verboten bei Geldstrafe bis zu 200 Thalern,
für schwerere Fälle bis zu 500 oder Haft bezw. Gefängniß
bis zu einem bezw. zwei Jahren, wenn Jemand mit Kirchenstrafe bedroht wird, um ihn von einer solchen Handlung
abzuhalten, oder um ihn zur Wahl oder Stimmabgabe in
bestimmter Richtung zu vermögen. Einige Beispiele werden
die Sache klar machen.

In der Rheinprovinz mußte seit mehr als achtzig
Jahren bei Strafe die Civiltrauung vor der kirchlichen
stattfinden; dies wird vom 1. October ab in ganz Preußen
der Fall sein. Wenn nun ein Bischof strafen wollte, weil
ein Katholik dieses Gesetz befolgt hat, oder durch Androhung
von der Befolgung abhalten wollte, so würdet Ihr gewiß
in der Ordnung finden, daß der Bischof bestraft würde.

Was geht ihn die Civiltrauung an? Die Rheinländer werden lachen, wenn die Bischöfe und Geistlichen, wenn die am Rheine geborenen und erzogenen und verheiratheten ultramontanen Kammerredner behaupten, die Civilehe verstoße gegen die Freiheit der Kirche, gegen Gottes Gebot, bringe Unsittlichkeit herbei u. dgl. m. Aber soweit ist's gekommen, man darf so sprechen, als habe die Menge nicht mehr den Verstand, zu begreifen, daß man ihr Unsinn anzunehmen zumuthet.

Nehmt den anderen Fall. Ihr seid freie Männer, Ihr könnt wählen und stimmen, wie es Euere Ueberzeugung ist, Niemand hat das Recht, Euch zu beeinflussen und zu bevormunden. Würde Euch der Pfarrer etwa nicht absolviren, weil Ihr nicht in seinem Sinne gewählt habt, so bekümmert sich der Staat darum nicht. Wenn man aber Geistlichen mit Amtsentlassung, Laien mit Excommunication droht, damit sie stimmen, wie es dem Bischofe beliebt, oder solche Strafen verhängt, weil sie gegen seinen Willen gestimmt haben, so muß der Staat den Bürger schützen. Möge der Bischof und Pfarrer sich um geistliche Dinge kümmern, für seine Person wählen und stimmen, wie er mag, er hat kein Recht, den Gläubigen die Politik vorzuschreiben. Es ist eine Schmach für den freien, deutschen Mann, auf Commando der geistlichen Herren seine staatsbürgerlichen Rechte zu üben. Was soll man dazu sagen, wenn ein kaum der Schule entwachsener Kaplan von 23—25 Jahren, der selbst für den Reichstag nicht einmal wählen kann, die Gemeinde terrorisirt? Müßt Ihr es dem Gesetze nicht hoch anrechnen, daß es Euch von dieser Geistes= knechtschaft befreien will?

Das Gesetz verbietet den Bischöfen nicht, zu excommu= niciren, so viel sie mögen. Aber es verbietet endlich bei der angegebenen Strafe die Verhängung von Kirchenstrafen öffentlich bekannt zu machen, oder in beschimpfender Weise zu vollziehen oder zu verkünden. Tritt das der Kirche zu nahe? Nimmermehr. Sind die Zeitungen dazu vorhanden, Kirchenstrafen zu verkünden? Christus sagt: „so sage es der Ge= meinde". Das Gesetz § 4 gestattet ausdrücklich eine Mittheilung an die Gemeindemitglieder. Man rufe diese zusammen und theile ihnen die Kirchenstrafe mit. Wenn man aber absichtlich einen Gottesdienst wählt, namentlich musikalische Hochämter in großen Städten, zu denen Leute verschiedener Gemeinden, Andersgläubige, Viele aus Neugierde oder um die Musik zu hören, kommen, so ist das nicht der Ort, eine geistliche Strafe zu verkünden. Und das andere Verbot ist noch ge= rechtfertigter. Sollten denn die Geistlichen, welche sich so gerne als Stellvertreter und Nachfolger Christi hinstellen, ihres Meisters und Herrn, der seinen Feinden nie fluchte, nur Liebe zeigte, noch am Kreuze für sie betete und sprach: „Vater vergieb ihnen, sie wissen nicht, was sie thun", —

sollten diese ein Recht darauf haben, roh, gemein, unchrist=
lich zu sein, den Gegner zu beschimpfen und zu verleumden?
Es muß weit gekommen sein, wenn das Verbot der
Rohheit, der Schutz des Staats gegen Schmähung
und Verunglimpfung als eine Verletzung der kirch=
lichen Freiheit erklärt wird von — denen, die
sagen, sie vertreten Christi Stelle!

Mitbürger! wir haben Euch den Inhalt der angeblich
furchtbaren Maigesetze dargelegt, alle Bestimmungen derselben
vorgeführt, die nicht rein juristisch sind und die irgendwelche
Bedeutung haben. Alle drei Gesetze stehen in der Gesetz=
sammlung, sie tragen die Unterschrift unseres erhabenen
Kaisers und Königs Wilhelm und der sämmtlichen damaligen
Minister: Graf von Roon, Fürst von Bismarck, Graf
von Itzenplitz, Graf zu Eulenburg, Leonhardt, Camp=
hausen, Falk, von Kameke, Graf von Königsmark.
Könnt Ihr etwa glauben, unser Heldenkönig, der im acht=
undsiebenzigsten Jahre steht, sei auch nur fähig, der
Kirche zu nahe zu treten? Glaubt Ihr, ein Greis, der von
so tiefer Frömmigkeit beseelt ist, könne sich zu Acten ent=
schließen, gegen die man in der Weise, wie man es täglich
hört, loszieht, wenn diese Acte nicht rechtlich statthaft
und nothwendig wären? Werdet Ihr einem Manne,
dem Gott die Regierung über fünfundzwanzig Millionen

Menschen anvertraut hat, den er berufen hat, das deutsche Reich zu erneuern, zumuthen, er wolle die Katholiken in der Uebung ihrer Religion schädigen? Könnt Ihr nur einen Augenblick zweifelhaft sein, auf wessen Seite die Wahrheit und das Recht ist, auf Seite des Königs, hinter dem sein ganzes Ministerium, der Landtag in seiner großen Majorität, die große Mehrheit des Volkes steht, oder auf Seite der wenigen Bischöfe mit den Geistlichen, die ihnen blind folgen müssen? Haben nicht Bischöfe und Geistliche Euch im Jahre 1869 das Gegentheil von dem gesagt, was sie Euch seit dem Jahre 1870 lehren, in Katechismen, Hirtenbriefen und im Gespräche?

Wohin hat der Ungehorsam geführt? Der Erzbischof von Posen ist seines Amtes entlassen, der von Cöln und der Bischof von Trier büßen im Arreste, weil sie die Geldstrafen nicht zahlen. Man lügt Euch vor, der Papst, welchem eine Rente von mehr als drei Millionen Franken vom Königreich Italien ausgeworfen ist, die er täglich beziehen kann, der seit 1859 über hundert Millionen Franken an Peterspfennigen von den Katholiken bezogen hat, der jeden Augenblick den König von Italien, dessen Regierung und alle Regierungen schmähen kann und bei jeder Gelegenheit schmähet, der einen der größten Paläste der Welt mit Tausenden von Zimmern bewohnt, Hunderte von Dienern hat, sei ein armer Gefangener, der nichts zum Leben habe: Ebenso belügt man Euch hinsichtlich der Gesetze. Prüfet und Ihr werdet zur Einsicht kommen, daß die, welche Euch aufhetzen, dies zum Theil aus blindem Eifer thun, zum Theil aus Haß gegen Preußen, aus Haß gegen das deutsche Reich. Es sind die Franzosenfreunde, es sind Jene, welche kein deutsches Reich wollen, an dessen Spitze ein protestanti= scher Kaiser steht, es sind dieselben Leute, die 1866 Euch aufregten. Betrachtet, was die Rheinprovinz unter dem starken, milden und erleuchteten Regimente der Hohenzollern geworden ist, dann werdet Ihr begreifen, daß diejenigen Leute Euch verhetzen, die es noch nicht vergessen können, daß es nicht mehr ist, wie in den Zeiten, wo man das Rheinthal als die „Pfaffengasse des deutschen Reichs" be= zeichnete.

Was ist unsere Aufgabe? Mit zwei Dritteln der Stimmen hat der deutsche Reichstag am 25. April dem Gesetze seine Zustimmung ertheilt, welches die deutschen Re= gierungen ermächtigt, Geistliche, die gegen die Staatsgesetze Kirchenämter ausüben oder nach der Amtsentlassung fort= fungiren, aus bestimmten Orten oder Bezirken auszuweisen, in solchen zu interniren, sie der Staatsangehörigkeit verlustig zu erklären und aus Deutschland auszuweisen. Ihr seht ein, der Staat muß Herr im eignen Hause bleiben, er kann sich nicht von den Bischöfen und Geistlichen regieren lassen. Soll es nun zu massenhaften Ausweisungen kommen? Man wird vielleicht an einzelnen Orten Aufruhr erregen. Die Folge würde militairische Execution sein. Was es heißt, solche Zustände herbeizuführen, begreift Ihr. Wenn Ihr Euer Land, Euer Volk lieb habt, wenn Ihr Ruhe und Ordnung wollet, tretet auf als freie, deutsche Männer, die sich dem Gesetze fügen, aber nicht nach dem Winke von Leuten handeln, deren Aufgabe es wäre, die Liebe zur Ordnung, zum Gesetze zu predigen. Ohne Gehorsam gegen das Gesetz giebt es keine Freiheit. Laßt Euch nicht berücken. Sobald Ihr fest stehet auf dem Boden des Gesetzes, werden die Geistlichen zur Einsicht kommen. Tausende von ihnen sehnen diesen Augenblick herbei; sie dürfen nur nicht offen Farbe bekennen. Wenn Ihr entschlossen seid, dem Gesetze zu gehorchen, Gott zu geben, was Gottes, aber auch nach dem Worte des Herrn dem Kaiser zu geben, was des Kaisers ist, werden die geistlichen Führer in sich gehen und das thun, was sie in anderen Ländern thun, dann wird wieder einkehren die Ordnung und mit ihr der Friede, die Freiheit, der Frohsinn!